AF453258

ÉPAISSEURS

DU MÊME AUTEUR

Tancrède (1894-1911). Éditions de la Phalange. — *Épuisé*
Poèmes (1905). Royer, Nancy. — *Épuisé*.

AUX ÉDITIONS
DE LA NOUVELLE REVUE FRANÇAISE

Pour la Musique. Une plaquette. — *Épuisé*.
Poèmes (1912). 1 volume. — *Épuisé*.
Poèmes (1918). 2ᵉ édition suivie de Pour la Musique.
Banalité.
Vulturne.

SOUS PRESSE

Suite Familière.

EN PRÉPARATION

Pointes de Feu.
Portraits.
Éthique.
La Lampe a Huile.
Voyage dans une Baignoire.

LÉON-PAUL FARGUE

ÉPAISSEURS

PARIS

ÉDITIONS DE LA NOUVELLE REVUE FRANÇAISE

3, Rue de Grenelle

M . CM . XX . VIII

*Le penchant pour le merveilleux,
mon goût particulier pour les impossi-
bilités, l'inquiétude de mon scepticisme
habituel, mon mépris pour ce que nous
savons et mon respect pour ce que nous
ignorons, voilà les motifs qui m'ont
engagé à voyager durant une grande
partie de ma vie dans les espaces ima-
ginaires. Aucun de mes voyages ne m'a
fait autant de plaisir; j'ai été absent
pendant des années, et suis très fâché
de devoir maintenant rester chez moi.*

(Le Baron de Gleichen. Souvenirs.)

PROSE

VOIX *dans la chambre à côté*
Derniers doigts de la musique
Longue et bleue comme une route
Saurez-vous y dépister
L'immense larme qui sonne
A l'évent de ma cachette
Et que j'attends chaque jour?
Un petit point s'il vous plait
Sur ma page de douleur.

La ville ouvre ses compas,
Ses couleurs, ses tire-lignes.
Sur les grèves étagères
L'homme à l'encre sympathique
Contemple avec méfiance
Les signes de son bonheur.
Hachures de chair qui dansent
Aux confins de la rumeur,
Cette allure verticale,
Ce saut interrogateur
Dans les rues qui se démaillent
Piétinées par les troupeaux
Que faisande le menteur,
Esprits voleurs de chapeaux,
Fantômes de caracames,
De fatagins, de marmoses,
De réincarnés précoces,
De transfuges de la mort,
Transmissions sans ressorts
Dans les pièges osmotiques,
Dans la bouche des boutiques,
Dans la bouche de l'amour...
L'homme interdit par la nuit,
Bluté par une peur vague
Au bord du van de l'orage

S'accroche comme une épave
Dans le lit de la pierraille
Réfléchit avec ses cornes
Et regagne son fournil.
L'ombre qui l'entend monter
Le drap vite recouché
Se hâtent de se plier
Et préparent leurs grimaces.
Quel pédicure néfaste
Porte une main sans scrupules
Le long des orteils carrés
De la sonore momie?
Mais du cendrier des rues
Par la trappe des marelles
Où les morts jouent au jonchet
Pour tromper les nuits de garde
S'ils ne sont pas de sortie,
A peu près à la même heure
Que la barque de la lune,
Monte avec un bruit de franges
De verre autour de sa lampe
Où confit de l'angélique,
Douce enflure d'Ophélie,
Longue comme le chagrin,
Ronde comme la famille,

Cette fleur de Nézondet.
C'est le nom d'un gâteau triste,
Spécialité d'artiste,
Que ma mère me donnait.
C'est le nom d'un souvenir
Que mon rêve regardait...

LA DROGUE

Dans ce pays des enchantements, je considérais chaque chose avec une sorte d'inquiétude. De tout ce que j'apercevais, dans la ville, rien ne me paraissait être tel que mes yeux me le montraient. Il me semblait que, par la puissance infernale de certaines incantations, tout devait avoir été métamorphosé...

(APULÉE)

Si le soleil et la lune doutaient, ils s'éteindraient sur-le-champ.

(WILLIAM BLAKE)

LA DROGUE

Dans ce pays des enchantements, je considérais chaque chose avec une sorte d'inquiétude. De tout ce que j'apercevais, dans la ville, rien ne me paraissait être tel que mes yeux me le montraient. Il me semblait que, par la puissance infernale de certaines incantations, tout devait avoir été métamorphosé...

(Apulée)

Si le soleil et la lune doutaient, ils s'éteindraient sur-le-champ.

(William Blake)

IL y avait longtemps que je m'en doutais. J'en
étais sûr. Ne l'avais-je pas dit dans deux ou
trois conversations? Avais-je parlé? Je n'avais pas vu
dans leurs yeux qu'ils eussent entendu. Je ne pensais
pas à la chose, elle me pensait ; je n'agissais pas,
elle m'agissait. Je ne pouvais plus remonter, me
retourner sur mes mobiles, plus me fixer, plus me
rassembler. Traiter une affaire? Et avec qui trai-
tais-je? Qui avais-je au juste en face de moi? D'où
montaient ces voix mates? D'où m'arrivaient leurs

assurances? D'où sortaient ces mots baroques, flé-
mards, comme des champignons lents à se tendre?
Plus de confiance en la parole, plus de confiance en
personne. Dans la rue, je circulais avec beaucoup de
circonspection, de préambules, de repentirs, le côté
par où l'on tourne offensé par les maisons, craignant
le verre, louvoyant avec des ruses de chasseur,
questionné brusquement par l'air nocturne, glissant
comme une épave entre les sabords des boutiques,
séchant dans les cafés, fourbu, parcheminé, mâchant
du cuivre, torturé par une question mal posée, fixé
longuement par une sorte de faille, un manque en
pointe agaçant de blancheur. J'en croyais Pascal,
qui sentait toujours un abîme à sa gauche. Voyais-
je seulement l'énoncé du problème? Il me souve-
nait de certaines périodes ardentes et dissimulées
de mon enfance, pleines de rumeurs, de rayons
humides et de larmes de plaisir, d'états de colère
ou de silence, où le médecin de mes parents dis-
cernait de légers troubles, imputables, disait-il, à
mon activité précoce, excédée d'impressions vives,
que je n'avais garde de trahir, et qui me criblaient
de baisers amers, de la part de quelque merveille
implacable comme un coquillage dans une vitrine,
l'atlas d'un dictionnaire d'histoire naturelle, un navire

en miniature au musée de la marine, ou quelque
jouet absurdement riche et que je ne pouvais pos-
séder. Je n'ai jamais éprouvé plus dur le sentiment de
l'impossible, sinon sur certaines montées de la fièvre
où je travaillais comme une machine à faire entrer
une masse indéterminée, mais considérable, dans un
orifice imperceptible, comme une cathédrale dans
le chas d'une aiguille; à moins que, sur les chevaux
de bois, l'ordre ne nous parvînt de nous suicider
tous avec notre lance, sous peine de mort, avant
l'arrêt complet du manège, qui commençait à ralen-
tir, sous les yeux de ma mère, qui luttait pour me
joindre avec une longue bête, se déformait comme
un nuage, et ne pouvait plus me sauver.

Cependant, la vie devenait intolérable. L'atmosphère se coagulait. Il m'arrivait de me lever brusquement en mangeant, de m'apercevoir que j'étais
debout, couché, courant dans la foule, hors de propos et hors de tenue, toutes les cases de l'esprit
découvertes. Naturellement, impossible de dormir.
Je ne pouvais plus rien faire de propre. J'avais mis
mes affaires en ordre. Je me hâtais comme un voi-
turier que la nuit gagne. Je me débattais comme un
malade qui ne se défend pas mal, mais d'un peu
plus bas, avec un peu plus de mouvements inutiles,

et qui souffle un peu plus fort que la veille. C'était trop long à se dessiner, en horizontale ou en verticale. Il fallait que je gagne ou que ça casse. Comment ça s'est fait, je n'en sais plus rien. Le savant lâche le problème qu'il fatigue, où le crayon glisse, où l'esprit s'endort en mordillant. Quelque jour, au matin d'un sommeil réparateur, il est réveillé par la solution. Le tri s'est fait. J'ai tant et tant secoué l'arbre que les fruits pourris en sont tombés. Le prévenu, moutonné, s'est mis à table. La question était si tendue qu'elle a chanté. J'ai reçu enfin l'avertissement. Je me suis levé, je suis parti, comme on court jouer, quand on sent la veine. L'énoncé du problème et sa solution se télescopaient. Tout devenait clair. Il n'y avait qu'à suivre. Je suis descendu. J'en ai suivi un.

Pourquoi celui-là plutôt qu'un autre? Quels signes sur lui me donnaient l'éveil? Imperceptibles dans ma mémoire. Il était grand, bien vêtu, marchant carré. Je n'avais pas de peine à ne pas le perdre. Il tirait ses lignes, ses pauses, ses entrées, ses sorties, dans les galeries de la termitière. Il faisait sa journée comme un passant quelconque. Il jouait son rôle de bête à fromage. Je l'ai vu s'enfoncer dans les maîtres d'hôtel et les vitrines en veilleuse d'un palace. Je l'attendais à tout hasard. Il y est resté près de deux heures, et c'est ce qui m'a donné le plus de mal. Enfin, le voilà qui ressuscite. Il me traîne comme un remorqueur, d'une corde invisible. Il tourne un long moment dans un square, avec inquiétude, au point que je crois qu'il rate un rendez-vous. Non? Repart. Bureau de tabac, trois boutiques. Quartiers non conformes... Les Halles, la rue Saint-Denis, le boulevard de la Chapelle. Je traverse tout ce que j'aime. Dans des rues écartées, sur des voies de garage, nous longeons des haies de putains architecturales, d'un style qui se perd, roulant comme des locomotives en manœuvre, ou s'allumant aux hublots de quelque entrepont. Pas de blagues, l'œil à mon homme! Ses feintes sont un peu larges. La journée s'avance et les pieds durcissent. Va-t-il faire le tour du monde? Il a passé par l'Olympia, qui a une sortie rue Caumartin. Il est entré dans les maisons à double issue qui portent le n° 18 de la rue Pigalle et le n° 56 du faubourg Saint-Honoré. Il en est ressorti loyalement, la rosse. Cependant, je commençais à ouvrir l'œil, car je sentais le fil mollir.

Il traversa la rue Royale. C'est à ce moment que je le perdis, dans l'écrase-nez d'un embouteillage.

Je crus le voir prendre une voiture, qui se brouilla dans un peloton remis en marche. Je sautai moi-même dans une voiture, mais, là, je n'étais plus sûr, et je fis suivre à tout hasard. Cette poursuite me menait si loin que le doute commençait de m'envahir, combattu par une sonnette intime... Nous étions aux Buttes-Chaumont. La voiture présumée ralentit. Je pressai mon chauffeur. Nous la dépassâmes. Elle était vide.

Le jour baissait. Plus rien à faire. Ma course réglée, je m'en retournais par la rue Bolivar, agitant des trousseaux de faux calculs, quand je vis venir à moi mon homme, à pied, marchant à grandes enjambées, la tête obstinément et complètement tournée en arrière, et comme dévissée. Je l'évitai, revins sur mes pas. Je sentais les événements se précipiter, j'entendais battre mon cœur. Je repris la chasse, mais je le suivis sur l'autre trottoir, à cause de sa tête. Il s'engagea, sans paraître m'avoir remarqué, dans la rue des Mignottes, puis dans la rue des Solitaires, et voici ce qui se passa.

Son allure devint saccadée, puis onduleuse, sa tête s'ourla d'un liséré bizarre, les bords de son corps, puis le centre, commencèrent à s'éclaircir, laissant voir par transparence, et comme à travers un verre fumé, tout l'échafaud, tous les juchoirs, tout ce qu'il avait dans ses poches, tout ce qu'il avait mangé, comme une besace à la Cardan, puis le tortil d'un colorant intense, on devait le soigner au bleu de méthylène, puis les passants, qui se faisaient rares, puis les maisons, puis le ciel. Brusquement, il s'arrêta, je n'eus que le temps de me jeter en arrière, le trottoir se fonça en rond autour de ses pieds, comme mouillé de la bruine circulaire d'une rôtissoire, il devint diaphane et s'enfonça, comme un sac de verre silencieux, dans le sol. Il y eut un grésillement bas, le trottoir souleva deux ou trois grosses cloques, avec un clappement assez fort, tout rentra dans l'ordre, j'avais gagné.

Depuis lors, je ne lâche plus la chasse. Quel jour suis-je allé chez moi? Tant, et tant, qui ne sont pas vrais! La plupart ne sont pas vrais! Ça se passe de tant de façons différentes! Il y en a qui fument doucement, comme une émission solfatarienne, ou quittent le sol, comme un gréement squelettique, ou presque invisibles s'enlèvent, comme un ballon qu'un enfant lâche. Une femme monte, les cheveux droits, la jupe retournée comme une bobèche. Je ne sais pas si les autres les voient, moi je les vois. D'autres s'enfoncent dans une paroi poreuse, absorbés comme par un buvard. Un jour, j'en ai vu

deux s'enfoncer à la même place, dans le mur d'une
usine. La nuit nous cernait. Leur double contour
devint lisible comme une encre sympathique et
demeura longtemps lumineux sur la pierre. Où sont-
ils? Je ne pouvais quitter ce mur palimpseste. L'un
d'eux parut vouloir remonter. Je m'enfuis. Il y en
a qui surgissent sur place, presque sous vos pas,
comme un fantôme de poussière d'une bouche de
chaleur, armés de pied en cap, avec leur canne et
leur serviette. Et il y a les échanges, il y a les rachats,
les mauvais numéros, les remplaçants, les permu-
tants, les ordonnances, les substitutions, les volon-
taires, ah, toutes sortes de combinaisons et de ressources, un mouvement monstrueux, perdu dans la
bagarre, une navette silencieuse, un va-et-vient discret de la vie à la mort. Les raisons des vivants
et des morts se balancent. L'amour et la mort ont
fait leurs premières armes dans la mer. Ils s'entor-
tillent, ils se dépistent dans la pierre. Jusqu'où font-
ils des armes ensemble? Le texte serré du troupeau
t'en impose. Fuseaux de fumée, acrobates qui marchent sur une boule, louches bateaux ramenés dans
une anse, rôdeurs obèses, requins-marteaux de la mer
pierreuse, qui se déchirent aux brisants des rues, qui
se décousent de proche en proche, mailles graisseuses

sur le ciel. Espèce de tam-tam sourd d’organes,
danse macabre de molles massues, migrations de
lettres de deuil, ordre dispersé, service en campagne
cantonné dans des géodes, pour des apartés pleins
de chiffres, des accouplements de vers bavards, de
blattes goulues, des trocs poisseux et sonores, circon-
venant les maisons comme une écume sale et sombre.
Il s’agit de démêler les ressemblances trompeuses,
les souvenirs d’avec les démons en visite, les figu-
rants d’avec les revenants, les figures venues avant
terme des limbes, les carottiers, les simulateurs, les
réincarnés précoces, les transfuges de la mort, la
pensée criminelle provisoirement formée, gonflée
comme un mufle de vapeur, le corps astral voleur
de vêtements. On t’a fait ton pardessus dans un café?
Ne cherche pas, ce n’est pas un autre. Quel travail!
Une patience inflexible t’en donne la maîtrise. Si
tu fixes sur la grève un pou de mer entre mille
poux de mer, si tu ne le quittes pas des yeux, tu
le fascines. Les autres s’en vont, dans un frémis-
sement multiplié, sassés par la peur, lui reste sur
place, avec son gros œil. Tu en fais autant pour un
insecte dans la campagne. Ton regard lui pèse. Tu
peux le voir prendre du dos, cisailler à vide avec
ses pinces, dresser d’un coup sec les volets de ses

élytres, découvrir un petit moteur qui te donne envie
de faire ta prière, et, quand tu le lâches, fondre dans
le ciel avec un mot triste. Comme ces petits, j'ai
pincé les hommes. Alors j'ai vu, oui j'ai vu : qu'il
y avait de drôles de corps. Un jour, j'ai rencontré
trois fois mon ami. Deux fois sur ses yeux, ce n'était
pas lui. La troisième, il m'a parlé. J'ai pris peur et
j'ai filé dans la foule. La boulangère du carrefour
fut abusée pendant deux ans par un amant des plus
léger qui ne venait de là-bas que pour elle. Il faut
distinguer les personnes. Je t'apprendrai bien à les
suivre. J'en ai choppé comme ça beaucoup qui ne
circulaient dans leur complet et sous leur chapeau
que pendant une heure, et je les couvais jusqu'au
moment où ils s'enfonçaient lâchement dans le sol.
Il y a beaucoup de points nourriciers, de filons de
fuite, il y a beaucoup de chausse-trapes divines, pièges
incompris, dionées mystérieuses, opercules qui cèdent,
points d'enlisement, larynx de la pierre, séquestra-
tions obscures, exécutions sans jugement. J'entends
parfois dans la foule un grelot bizarre. Je distingue,
du bruit des voitures, une sourde semonce qui vient
du large. Quelqu'un dit : Il va faire de l'orage. Près
de midi, les sens s'exaltent. Au bord du soir, les
courants fraîchissent, la pierre tournante ne ballotte

plus d'épaves, les mouches s'envolent des courroies mortes, la lumière se déshabille aux fenêtres, et je me souviens que la paix était bonne. Alors, je débouche ma solitude, fourrée d'une science durement acquise, et je la respire dans les ténèbres.

Un jour, l'esprit divin nous assaille. Il en a assez d'achopper contre sa matière. C'est nous qui sommes la matière, cet esprit qui s'est induré. Il est fatigué de sentir dans sa flamme ces lourdes mouches incombustibles; il est démangé de sentir dans son ventre, au fil le plus fin de son sang, ces bulles salines, ces calculs, ces échardes sales, ces pailles avares, ces réserves tristes, ces sinus fongueux, cette question remuante, insupportable, que nous sommes. Alors, il nous lance une bouée, il nous passe une drogue, il nous empoisonne, il nous rumine et il nous digère. Résorption catalytique, précipité spirituel, dissociation chimique foudroyante, tout ce que vous voudrez... Sur quelque point que nous passions, sur quelque chaussée de l'espace et dans quelque métamorphose, à travers les siècles des siècles, nous aurons l'honneur de faire des échanges avec cet Esprit inconcevable. Parfois, il rapetisse le monde, pendant un temps incalculable. Il supprime un moment le temps, l'espace et la matière, jusqu'à nous rendre tous invisibles. Mais quelqu'un s'en aperçoit-il ? Car le monde reste à l'échelle. Toi, peut-être, chez qui l'adaptation ne se fait pas vite, avec tes manies, tes lenteurs, ta plasticité particulière, tes intuitions interminables. Chh ! Que rien de raisonneur ne vienne infecter ton flair de Dieu. Je m'accroche parfois à ses vergues, et je me survole à sa poursuite, dans la quatrième dimension, la radiante. Cependant, j'étais un pauvre homme, et j'aurais voulu rester dans mon trou, petit maître d'anthologie, subtil insecte du génie, de l'amitié ou de l'amour. Trop tard. Je ne peux plus être un artiste. Je ne peux plus me tenir tranquille. J'entends derrière moi, comme un train dans la nuit, retentir des cris qui me gagnent de vitesse. Si je veux garder ma distance, il faut que je chasse moi-même quelque chose, il faut que je piste un de ces danseurs noirs, qui font tant de mal, et qu'on prend sur le fait de n'être pas des hommes ! Je les suis, rongés par leur pensée, dissous par elle comme par un mordant, par l'indifférence ou par l'extase. Ils ne répondent plus à l'Éternel plasmagénète. Ils n'entendent plus Dieu leur dire qu'ils existent. Alors, ils doutent d'eux-mêmes et s'effondrent. Ils meurent d'une attaque de scepticisme,

comme on meurt par septicémie. Sensibilité différen-
tielle à Dieu. Mais je veux savoir comment ça se passe!

Ah! je suis un fantôme occidental actif! Cette
relève, que je me demande si souvent, qu'en ferais-
je? Il faut que je brasse, que je m'affaire, que je
chasse, les hommes, l'autobus, ou Dieu. Frappe les
fesses de la terre avec ton fléau de cuir, cours ton
petit bonhomme de chemin, Babonin. Çakya-Mouni
ne peut rien pour toi, pâtiras!

COLÈRE

> *Pourquoi m'as-tu quitté, moi*
> *qui t'aimais tant?*
>
> (Almanach.)

SONNEZ, flèches de miel, sur les fausses portées fumantes; œil de tigre, frelon fusant, sphinx taupé, navette au chant brumeux, chalumeaux du jour, enclochez-vous dans l'alvéole; fuyez, secrets pointés cachés dans le ciel, petites clefs plumeuses; oreillard, fais ton portemanteau pour la nuit dans les cours chaudronnantes rayées d'animaux inconnus et de linges. Le disque se déclanche au rouge! Voici l'Homme!

Te voilà, zoizonin. Bonjour monsieur, eh imbécile.
Homme, va-t'en, voici les hommes. Quand ils parlent, rien ne pousse. Anatole, tanaos et thanatos,
anthropoîrime, bœhme, assez de vos mots, assez de
vos dieux, assez de vos cloches! Les rais s'épointent,
les souffles s'attristent, l'uranie s'endort contre vos
plaques, vos chevaux de pierre montent dans le ciel,
vos larmiers verdissent, vos cerveaux s'englument,
hommes, làchez-nous! Comment! L'oracle étonné,
pas compris, dévêtu pourtant, jonché de patrons et
de feuilles d'or par la grande batte, toupies brunis-
seuses et molettes célestes; l'oracle endormi du soleil
dans vos maisons pleines de méduses montées en
graine, d'échos et de prismes trompés, de niches
prises en alcôve, d'instruments scientifiques en ins-
tance, de sacs de fibrine, de lampes capillaires, de
tubes de force hantés de résilles sanglantes; vos
chambres secouées de haussements d'épaules et de
larmes ménagères, fumées qui rabattent, miroirs
infestés de tics, grimaces balancées; vos têtes nasar-
des, hôtels borgnes, sourds à la musique muette des
nombres, le tendeur gainé de chair, l'œil à la mèche
encrassée, l'écorché dans sa baignoire, le moribond
dans son stère, baisers et sommeils qui choquent les
pots, traînerie de frotteurs passionnés, prisonnière

entre ses lattes, vieux appareils photographiques sau-
tant sur deux pieds sans trouver leur place, vos objec-
tifs tremblants et bègues, meetings de rêves, soufflets
digestifs, de potins et d'histoires, et jamais au point ;
votre cœur vairon, la tendresse impossible avec vous,
votre psychologie de vieilles demi-vierges, votre
hyperlogorrhée ; l'ami qui tousse de traîtrise, l'étu-
diant en droit qui se croit l'empereur, le grimaud
qui mesure la France avec un ver solitaire, le potard
qui regarde dans son tube tourner les volants du fromage, l'élève et la femme lui font les poches et
l'anévrisme chemine en lui ; ce besoin d'échapper au
centre de gravité de votre pensée d'hommes, cette
envie de sortir avec l'œil d'une mouche, cet achar-
nement sur les comptes de la terre, espérez-vous
faire son prix de revient, c'est bien difficile ; vos
questions résolues, tout est pire qu'avant ; vous oubliez
toujours le principal, vous n'avez rien vu comme
coulage, vos coutures filent de proche en proche,
vos trains les plus rapides s'avancent comme un
dessin d'enfant, la fumée mal faite ; les constructions
de vos têtes les plus fortes roulent sous la table, les
cristaux de Descartes mal départis, mal nourris,
décroissements moléculaires, vident la monture, sau-
tent dans les lieux ; pas fort, une pichenette, le

taon d'un souvenir, le prurit contre la tempe, un
revers de la main sur un spectre sucré (rien, c'est
l'Inconnue qui se décroise dans un courant d'air),
renversent d'un seul coup vos parties d'échecs les
plus longues; vos travaux ne valent pas cher, et
votre papier de tirage ne vaut rien! Mais vous
m'avez plombé de votre haine, de vos querelles, de
vos attentats, de tout cela qui est de l'amour qui se
cherche et se tord comme un ver; vous ne pouvez
pas trouver la formule, Colin-Maillard béni de gifles,
vous le sentez là qui respire, et vous ne pouvez pas
l'atteindre, et vous battez la semelle, et vous claquez
du bec l'un contre l'autre, et vous soufflez du nez,
hein, c'est comme un mot qu'on ne peut pas sortir,
pauvres pataurés, petits rageurs noirs; le père chef
d'État, le frère chef des chœurs, la fillette horrible-
ment aimée dans son petit lit, la grande sœur jalouse
en banlieue, le solitaire brucolaque, les militaires
beaux comme des bureaux de tabac, le maréchal
doux comme un Bon Dieu de sergents de ville, le pin-
gouin du tribunal, l'ingénieur qui se crotte dans ses
calculs, le marin dans ses tripes d'acier, le poète plein
de crimes en marcassite, la mère qui pleure dans
la cuisine, le piano qui console une dent malade dans
une rue pluvieuse; avec ça vos propos n'amusaient

pas la route, et vous vous déchiriez, fil à fil, au fond
de la turbine. Pourtant, vos pierres creuses étaient
posées dans un jardin, vous l'aviez belle, on vous
donnait des feuilles neuves chaque matin, des feuilles
fraîches comme si elles n'avaient jamais servi. Mais
vous alliez trop vite, et vous n'avez rien vu. Si vous
m'aviez suivi, si vous aviez parlé moins fort, nous
aurions ralenti, moi qui vous aimais tant!

Voix désertes, foulard du soir, tête osseuse contre
la vitre. Chaque bête avec son rouet dans son enclos.
Votre plainte n'est plus pour moi. Trop tard. A quoi
bon, pélican, goufler éternellement sans pouvoir l'ouvrir ton vieux parapluie nourricier; c'est pour rien,
casoar, que tu cours en boxant sous les arbres; vous
ne me faites plus plaisir, comme au temps que j'étais
enfant, quand un homme de peu de paroles et de
grand amour me menait à vous par la main... L'orga-
neau qui tintait quand nous passions la porte, on l'a
arraché, il n'y a plus de cheval côtier... Poète, le
resteras-tu, dans cette île tournante musquée de
mensonges et de fantômes, qui ne te rendent pas
ton amour, qui t'appellent monsieur quand tu les
tutoies, mais où tout le monde tire de toi le meilleur,
jusqu'au moulage de la mort? Ton rire a fondu
dans sa grille, le temps pavoise d'étage en étage,

et voici la nuit. La grenade montre son cœur. L'usine de quartz et de pain d'épices s'allume au bord de la Seine. On entend le bruit des marteuses. Va où tu sais. Retourne dans ta galerie de mine, parle à la fille sur sa porte, enfonce-toi comme autrefois dans ce passage sourdement bordé de micas et de chrysalides où s'exile un vieux bec de gaz couronné, noir paponcle; bourre-toi d'images sonores. Musique, maintenant que le moral flanche, tu ne vas pas me lâcher?

MIRAGES

Marina Semina.

IL disait : qu'il n'avait pas le temps, qu'il avait sa
voiture à la porte, une cuisine roulante bondée
de toute sa journée, de sa nuit couveuse d'œufs sanglants, les grandes dames conquises en mangeant
des plats nègres, la virée de l'enfer dans le marais
salant du jour, le silence de sa vieille maison encore
endormie retrouvée chaque matin, le râle du concierge
dans la loge, le sursaut d'un réveille-matin derrière
une porte étrangère; sa chambre ouverte, la persienne
où manque une latte, la vie du jardin qui commence,

et le rabat du jour et les colliers d'oiseaux descendent
sur son lit; les trousseaux des laitiers tintent dans
l'escalier, la terre sort de son cocon, les horloges
sont débordées, les cloches commencent à pondre, et
la rumeur grossit jusqu'au midi de la voiture qui
part pour l'action, les marchandages, les bureaux de
tabac, les courses traversées de souvenirs d'enfance
et de tristesses brassées en arrière.

Il parlait au milieu des amis, de quelques inter-
médiaires à la bouche carrée, des livres qui faisaient
le gros dos. Il avait la figure bouleversée, recréée,
de l'inventeur sûr de son affaire, et comme deux
regards superposés... (Lui vient d'aboutir, il sait, les
autres flottent.) C'était un tragique battu par les
comiques, à l'image de la vie. Au vrai il avait une
vie dramatique, rarement devinée, où il prenait
toutes les peines du monde à sauvegarder sa confiance
et sa santé, et comme il avait le cœur à vif, il s'y
adonnait en maugréant, mais sans marchander, riant
et pleurant, portant la tendresse où il le fallait, faisant
de son mieux son métier d'homme. Cette vie de
plans multiples donnait à son visage une expression
des moins tranquille, mais nous avions foi dans son
poème : « Ça y est. J'ai trouvé l'orgasme de l'homme à
la terre. J'ai centré les fluides. Cette pierre transparente

dont nous avions parlé, pleine de fumées et d'éclairs de lances, où deux cavaleries semblent prises dans la mort, je la fais vivre. (Un soir, dans un brasier, j'ai vu bouger la salamandre. Je vous l'ai dit.) J'avais mis au point le sirop de feu, l'eau frappée de la foudre et pleine de médaillons étranges, la rosée qu'on peut tailler à facettes, les circonstances où la matière n'est plus la matière. Hier j'ai trouvé les zones réservées, les in... les inchauspés, les points nerveux du trottoir, les métastases terrestres fixées, les fonds d'artichaut minéraux sensibles. A présent, je suis maître des transformations de force en matière et des réciproques... » Il vivait dans cette biodynamique, on le savait assez, comme la pyrale dans les forges...

« Les continents glissent sur de grands fonds tricheurs; fête foraine à réverbère, moufles de monstres, moules à gaufres où les sédiments descendent cuire, orgues de vache en gélatine, tartes d'axolotls, témoins de mollusques chauffés au bleu, claviers d'orteils bouillants de cloques. La terre se nourrit par le centre, non sans réfléchir et sans pathétique, dans la forcerie de l'atmosphère, comme dans une serre à ciel ouvert. Volcans à surprises dont les branchies respirent dans le ciel, corneaux de poulaine ignivomes, tremblements de terre, vieilles matrices des bruits de camions dans les villes nocturnes, wagonnets qui montent dans la carrière, tombereaux qui traînent sur les routes laiteuses... Blessures mal fermées, restées susceptibles...

Il s'agit de trouver l'accord des extrémités sensibles de l'homme à la terre. Je l'ai trouvé. C'est dans la jambe que ça se tient. Le magnétisme terrestre monte à la rencontre de ton pied guêtré d'anatife, et le libère si tu le mérites. J'ai trouvé ces zones précieuses, ces coupes de cellules invisibles à l'œil nu, cet aubier d'un travail bizarre, ces mailles métalliques, ces moelles damasquinées, ces piliers de cristaux élastiques, ces mastics de vitesse, ces incidents insolites, ces différences de hachures dans le mouvement, ces cheminements de gangrène où la terre est malade dans son attraction, ces eschares qui font vivre l'inerte au lieu de faire mourir les tissus, tout passe par la jambe et monte dans la capsule grise.

Je frappe le sol du talon sur le socle de phosphore à la rondelle sympathique, et je suis projeté dans la colonne montante. Il faut, et il suffit de suivre le fil et les ramifications de cette colonne radiante pour s'élever au-dessus du sol. Il faut la sentir, il faut la trouver. Si tu la sens, tout t'est permis. Nous reparlerons de l'atmosphère.

Pour commencer, je monte à peine. J’allume mon cigare à un bec de gaz, j’en referme posément le boîtier. Première surprise des ombres humaines qui me regardent, hésitent avec un cri sourd, et s’enfuient. Le géant Antonitch, mort depuis longtemps, qui rôdait dans les limbes du macadam, m’approuve de quatre grands coups de battoir. Je reprends du poil de la bête et je monte plus haut. Me voici à la hauteur du cinquième étage et dans un état de ravissement inexprimable. Je vois s’équarrir mollement dans la chaleur les toits de Courcelles, parc humide où les Juifves m’ont fait tant de mal. C’était donc ça! Voilà le moment de sérier son gypse et ses micas. Si mon père était verrier, je le suis moi-même. Le périsprit donne un coup d’orteil dans l’eau profonde. Mon couvercle me quitte, monte et fait des ronds de cigarette. Je me divise en deux comme une bague d’alliance. Je monte sur les toits couleur d’arrosoir où j’ai trouvé la crème cuite du père Noël, quelques météorites d’une espèce inconnue, des plumes d’ange, le doigt coupé d’un rat d’hôtel collé dans la gouache des oiseaux, le laitage et la suie du ciel, un œuf bleu canard de la nuit. Quel est ce rayon qui me cherche? D’entre ces lampes, quelle est celle où mon père est allé revivre? La girouette fume sa dernière pipe. Une sorte de chevêche toute ronde, au regard tendre, saute à mes côtés sans me quitter des yeux. Me reconnaît-elle? Je traverse la maison comme une grande épure sanglante. Une bouffée de piano dérangé dans sa tanière. Une famille bourgeoise reçoit dans la méfiance du crime et les vapeurs, un dessous de plat à musique joue faiblement les Cloches de Corneville. — Je n'ai pas de famille. — Un homme qui écrit dort sur ses insectes, je le coupe en deux comme le cheval de M. de Crac, l'espace d'une lueur, je vois les clefs! je vois les secrets! comme un scarabée ouvre son triptyque! je veux m'accrocher, je suis emporté! Pas de sentiment! Une chambre d'amour, quelle odeur, cheveux gras, soufre, gluten et crottin. La lumière décoiffée, les amants font la tortue, que d'histoires pour s'aider à vivre! je glisse entre eux deux, je les fusille en oblique, je casse une ampoule, courant d'air, à gauche un bouclier de chair qui tourne... La femme aux longues jambes blanches, le blason de corail, je frôle une main nerveuse, un ongle agaçant... C'est donc tout ça qui m'a fait tant de peine! Il y avait quelques malades, la teigne d'une veilleuse, les corps étendus sur leurs radeaux, le glissement de l'eau noire, des problèmes tournés et retournés dans le linge, des jeunes filles un doigt posé sur le sexe... chut, des roses trempant dans la cuisine, des animaux lovés dans les caves, et du haut en bas et dans tous les coins, dans la maison forée comme un grand nid de polybie, la longue équation moite qui ne se résoudra qu'à l'aube...

A demain pour la technique.

Voilà ce qui m'est arrivé hier soir. "

Ce fut alors que se produisit l'incident qui nous fit connaître. J'y étais.

Je ne pouvais plus voir les hommes, les hommes qui gâtent le métier, les hommes qui veulent que tout se passe mal, les hommes qui vendent à faux poids, celui qui bouche le vide avec l'ennui, l'ennui avec le crime, le crime avec l'argent, la femme qui prend la complication pour de l'intelligence, la femme qui prend les quatre sous du pauvre pour les porter au riche avare, l'homme qui se surclasse, l'homme qui aime les traîtres, celui qui te brime pour se prouver de la force et le méchant par désœuvrement, l'homme qui te vole au nom du droit, l'homme qui te ment dans la figure, l'homme qui te dit durement : c'est comme ça, l'homme qui conduit la boucherie avec une omelette en or sur la tête, l'homme qui s'appelle Durand, Bauer ou Lesbeau de Soutompoyr, l'homme et la femme qui se regardent dans les yeux, se mordent la bouche, trinquent du nombril, font trois tours de valse ensemble, s'échevèlent, suent et pâlissent, essayent de se tuer, se repassent à d'autres, se déprennent en tournant encore pour ne jamais se revoir, et s'enfoncent en titubant sous les arceaux de la mort. Pauvres vaisseaux mal gréés, pauvres sacs mal arrimés, pauvres œufs tristes.

Désaffecté de nos mécaniques, écœuré de tout ce caviar, gonflé à vomir du chagrin que j'avais de cette blonde absurde, j'aperçus les fleurs du Champ-de-Mars. Un coup pour retrouver le contact, me rhabiller de mes sens d'enfant, ramasser combien j'étais bon, sentir mes yeux se mouiller, mes joues rougir. Vacances! L'odeur d'un champ de blé la nuit, les vers luisants sur le domaine de la Touche, un chant d'église aidé d'abeilles et d'enclumes, est-ce que je comprends encore ces fleurs? Et je poussais de toute ma tête. Ça ne rendait pas. Non vraiment, rien là que des petits verres à liqueurs buvant gentiment à la santé du ciel. Pas d'orage, pas de mains jointes, pas de crépitement, pas de mystère. Je sentis monter des larmes amères. Mes mains étaient lourdes. Je chantais vaguement.

Demandez à la gymnasti-que
La vigueur qui vous manque encor
Vos pieds prendront le vif essor
Et vos bras
La souplesse
Elasti-i-que.

Là-dessus, sans y penser je donnai le coup de pied intime.

Quand tu seras au plus haut point du désespoir, surplombe le mancenillier. Sors-toi du charme à hauteur d'homme. N'aie plus l'homme en face de toi. Gouvernail de hauteur. Romps le cercle, et monte! Plus de paroles captieuses. Plus de ces regards d'huître consciente et organisée qui te font frémir. Donne le coup de pied, donne-le. Monte. Je t'apprendrai.

Sur mon lit, drogué de silence et de chagrin.

Sur mon lit, comme un violon dans sa boîte. Ce que je pense monte en stratus de couvercles.

Moteurs. Tambours voilés du jour.

Seul. — Ma mère et Julienne sont sorties. — Par la fenêtre ouverte sur le ciel vitreux, le chant des oiseaux de trois heures. Une mouche arrive du bout du monde. Elle commence, avec le robinet de la cuisine pris d'une quinte, une sonate assez précieuse qui m'emmène en gémissant sur le chemin de la douleur.

Je monte. Au-dessous de moi, d'interminables bandes de papier tue-mouches, des tartines grises couvertes du frai des hommes entrant par petits paquets dans des trous, s'agglutinant dans des tubes sifflants qui l'avançaient un peu sur l'horizon, trié dans des escaliers, transporté verticalement dans des boîtes vitreuses, entreposé sur des bois infectieux, sur des terrasses, autour d'une statue colossale, enfilé grain à grain dans le gréement d'une tour en fer. Les bandes grises vannaient lentement leur caviar avec des explosions de concert Lamoureux, des arrêts par la mer, des typhons, des confusions sismiques, des essaims de chairs pleins de clameurs soufflées par le vent, des formations de grenaille en étoiles, la

mathématique inconsciente des foules, la mathématique prétentieuse des guerres, monômes qui vont à
l'école, écoliers qui vont à la mort. — Tubulures
du temps. Plainte légère d'un tramway, le soir. Goût
de bleuté opalescent sur la langue. Le ciel bat comme
un éventail. C'est la nuit. Plus haut dans les timbres
frais. Passage dans un vélodrome à la hauteur des
petites places. Une cigarette qui bouffe allume cent
visages et des mains pendantes. Un trait d'encre, un
fossé lumineux laissé sur la droite. Je renverse un
pantin de cire qui dort debout, le doigt levé, chez un
tailleur, une femme sans tête chez une corsetière.
L'Opéra pris de biais, nid de guêpes ameutées contre
deux cétoines, il se fond dans l'éloignement, rouge et
petit comme un dentier plein d'or. — Arrêt torride. — Entrée dans un entonnoir sombre. Rythme
d'usine! Projecteur! Un chou-fleur de fumée marneuse, un grand tamanoir crache sans relâche, un
fer-à-cheval englué de troupes, un criquet tapageur
au-dessus d'un ballon qui commence à flamber! —
Mais alors?... Déjà fini. — La nuit se calme, interminable. Une avenue méconnaissable. Une étagère
d'omnibus garnie de bibelots tristes. Un parti de
lampadaires bizarres, têtes de pavots pleins de vieilles
pensées. Ce personnage armé d'une canne essaie de

m'éteindre et, ballant, s'arrête... — Le jour. Je me trouve dans une rue sévère, je lis sur une porte : École Centrale. J'en vois sortir mon père avec un chapeau rond, sa figure de jeune homme, une barbe fine que je ne lui ai jamais connue. Père ! Il a donc une permission de la mort ? Écoute ! Trop tard... — Les Tuileries, guérite avec deux cent-gardes face à face. On sent qu'une belle journée se prépare. Une chambre dorée. M. Poyard vient donner sa leçon au prince impérial. — Virage. Rouen. Le père de Pivet marche sans hâte vers les ateliers de la gare en traînant avec plaisir sa main sur le parapet déjà chaud du pont. — Le jour, la nuit, tours de cartes. Je fais vaciller un quinquet carré. Je traverse en éclair le tapis-franc où domine Rodolphe. — Puis brusquement la lumière mange. Un bruit de friture dévore la ville. Je me trouve rue des Balais au-dessus d'un pâté de vermine annelé de fumée, un peu plus haut qu'un tas de cadavres, devant le guichet de la Force. Des oiseaux s'enfuient. J'en frôle un qui paraît d'une espèce peu commune. C'est une tête au bout d'une pique, la bouche tirée de côté sur les dents. Des arquebusades sourdes s'entendent, les rues grésillent. Caviar encore. — Changement de vitesse. Un cul de basse-fosse noir comme un four, gâteaux du vieux Paris. Je bouscule un cagou qui peste et s’ébroue. Le jour. — Trois cadavres de mignons sur la place Royale. Deux autres s’escriment à pot et à feu. — Coup d’aile. On crie Noël. Les rues pleines de cires allumées, des tapis aux fenêtres, les fontaines ragent le vin. Caviar. — Fuir. Sifflement terrible. Cinq siècles en arrière une compound répond doucement. C’est un rapide qui se traîne à ma poursuite comme une chenille processionnaire. C’est l’accordéon rouge de fièvre du Simplon-Express plein de Ritz. Le pauvre homme! Appel d’air. Plus haut, plus vite encore!

De là je vois la vie comme un lac enclavé dans les monts venteux de la mort. L’archipel, ce sont des îlots pleins de tendresse et de malice, et chaque îlot, c’est une vie d’homme, avec sa toupie, ses clochetons, ses ressorts, ses battements, ses chemi-nées, ses lumières clignotantes, ses bruits de cuisine, sa musique et ses larmes. Ils ont inventé la psycho-logie, mais d’aussi haut, ça ne se voit pas... De temps à autre, un îlot se fane et pâlit visiblement, se fonce à vue d’œil, grésille un peu, le voilà qui tourne vertigineusement, le voilà qui coule à pic avec un adieu de charbon qui chante... Plus de caviar, plus

de chagrin, rien que des jouets mécaniques à bout
de spirale...

La barre toute. Plus rien n'est visible. Un éclatement silencieux. L'idée du monde tombe comme
une pierre. Trois sphères couleur de fiel tournent
sur ma droite.
Lumen.
Canadanses.
Houlorians!

Les nébuleuses filent de prodigieuses quenouilles,
qui sèchent en tournant comme des chrysalides.
Que n'êtes-vous là, où je suis, physiciens et mystiques! Les dieux mugissants, patriarches de cristal
et de vapeur, rhinocéros et phacochères aux ailes
d'ange, ouvrent des yeux de verre antique aux bords
sanglants comme des babines, chaussent des lorgnons
formidables qui promènent sur l'atlas des lueurs métaphysiques, brassent dans le pétrin d'azur les futures
ophicalces et les cervelles de quercyite, tisonnent du
membre, dansent dans le pressoir à grands coups
de lie, dégouttant de bitume, cherchant la forme et

l'échaudé, sonnent du cor de tous leurs orteils, lancent les planètes sur les courbes, et de temps en temps les réveillent, comme un jongleur une file d'assiettes, où ramperont les files d'hommes et toutes les espèces de files qui finiront par un corbillard, comme un nœud noir au bout d'une natte. Il y a déjà des qualités de modelage. Il y a déjà, dans un coin de toute cette saburre, une bonne promesse de carte de France. Une de ces cervelles fixera les frontières que les armées viendront engluer. Des orblutes passent et s'éteignent dans le gouffre. Et ce gyroscope de Saturne au bord de la route de Gargilesse! Une sirène hémorragique forge mille siècles d'oreilles. Les mælströms ralentissent et les grands fonds de colle fermentent. Derrière l'immense cornée, les pentacrines cillent avec grâce. La grande holothurie monte lentement, comme un lampadaire de sperme. Quels plasmes, quels bournalions, quelles monères, et que c'est joli! Ça rampera pendant les millénaires sous les aisselles des berges, dans les abat-son des premiers vieux arbres, des premiers squales, le long des serpents goitreux, des tortues géantes, des poissons exophtalmiques et des crapauds pipas chargés d'enfants de troupe. — Premier schisme dans le sperme. Polypiers alcyons. Scissiparité. Voir plus tard le

Concile de Trente, si j'y passe. Le Massif Central se
dessine modestement, plein de crottes de ptérodactyles
et de promesses d'amour. Les mastodons barrissent
contre les volcans qui jouissent dans la lumière tour-
mentée de spectres. Des oiseaux tendeurs aux cris de
scie. Quel chantier! La Terre coule des bronzes mobiles
et formidables. Une racaille énorme se bat dans les
houillères et dans les eaux. Caviar. Caviar encore.
Redescendre.

Déjà se font entendre les gammes par tons du
sperme. Je bute et j'allume : Il y a là, dans deux
encriers rouges, harcelés par les sons et les touchers
de leur époque, un germe de dronte et celui d'un futur
empereur. (Au bout de trois mois, il commence à leur
pousser des cornes, ça promet.) Je traverse des casiers,
des huttes, des ventres, des cavernes meublées d'un
vaste fumier d'ours. Une tribu bleue et nue, aux yeux
hagards, sans sourcils, les cheveux noirs pendant
jusqu'aux talons, groupée sous un vieil arbre tors d'où
pendent des hamacs empouacrés de mouches. Dans
les ténèbres quaternaires, un premier feu s'allume,
salué par un cri de bête. Il y aura là plus tard des
îles, des bateaux de laque blanche, une cuve de
lumière immense et des palais pleins de belles filles
et de Wagner. — Un village bas sur pattes. Je longe

assez lentement les Pélasges. Puis grand bruit d'écluse
et de cirque, tonnerre de roues, la borne prise au
large, gladiateurs, aspasies, césars. — Frissement for-
midable, la dimension chambardée, changements de
plans, lanterne d'amour, schisme dans le sperme. Le
Christ. Il est déjà là-haut, à gauche, douce ruche
au milieu des casques et des fleurs. Un grand jardin
plein d'égéries, de blandusies, de madeleines, des eaux
chantantes autour d'un reposoir avec des régimes
de lampes en forme de barques et des bocks. Socrate,
Chabrier, Verlaine, anges pompettes. Un jet de
liquide à longue portée, rien, c'est La Fontaine qui
pisse le vers libre. Attention, hein, regarde bien
ceux-là, c'est tout ce qui nous reste de la vieille
tendresse et du Chat-Noir. — Pas le temps de parler.
Je suis précipité dans une rue pleine de monde. J'ai
déjà vu ça tout à l'heure. Une charge de chevau-
légers gaspille le caviar. Massacres de Machecoul.
Vieilles maisons rongées d'escaliers en pas de vis et
de corridors où des hommes un peu forts avec de
belles têtes colorées travaillent et se lisent des feuillets,
la main battant la table et la cuisse, les lunettes
pleines de larmes. Quel est celui qui parle debout
sur un tambour dans un jardin plein de soleil? Je
ventile un groupe de jeunes gens qui chantent et

qui pleurent autour d'un piano-forte en s'étreignant les mains. Grandes gueules tonnantes, et celui-là dans sa baignoire, comme une jambe malade dans une bottine, guérie par un ange, à la devanture d'une pharmacie. La Révolution. La France a ses époques. Cette fille splendide qui défile, lourde de sperme, avec la robe ouverte en losange sur la chair des cuisses, et celle qui se trousse entre deux campagnes, en croupe un instant sur un juron : j'ai le cul rond comme une pomme! Une nuit de Paris réparera tout cela. Caviar.

Le sperme grossoie, le germe grossit, se pousse du col, champignonne en meneaux roses, en éteignoirs, en chapiteaux, se subdivise en canaux douteux, grandit, rayonne, prend une voix de basse-taille, fait chaudière, se coiffe d'un chapeau à haute forme (voir collection Pinaud et Amour à travers les âges), fume sa pipe, chausse des bottes à éperons, casse des tibis, pousse des vrilles de jarretelles, met son fixe-moustache, s'accroche la légion d'honneur à l'extérieur, un scapulaire luisant de crasse centrifuge à l'intérieur, son stylo pour les devoirs, son extraplate et son revolver pour la distance, se boursoufle, s'ambitionne, monte en Papes, en maréchaux de France nègres, souffre des courroies, du grand sympathique, se constipe l'oreille, se bouche de sottise, conducteurs d'hommes, poètes, ingénieurs loyaux, chefs de cabinets d'aisances, farceuses de palaces, bringues emperlousées, graveuses de musiques, pédicures, cheveux de vieilles maîtresses pour violoncelle, vidangeurs, forts de la Halle, figures gothiques et nocturnes, accordeurs de robinets, branleurs de pianos, professeurs de massue, jeunes filles de suicide; saute sur des béquilles, monte un peu dans le ciel, aviateurs, ballonnistes, pas bien loin au-dessus des basses-cours, des bureaux friands de suppositoires, crache sur des timbres-poste, tamponne avec son mouchoir, il faut faire ce qu'on fait du mieux qu'on peut, caviar.

.... A la fenêtre. Et je me souviens que voilà vingt fois que je vais à la fenêtre, avec l'odeur du temps, du temps présent. Sur les vieux meubles de pierre et de verre de la rue, il y a de grands vases bleus. Ton cœur a été bluté par la femme, entends la vieille pulsation des sphères, regarde en bas, il y a deux ombres sur le trottoir, deux coups de faux reposés, un atome clair se balance, grandit en potiche de

chair, danse avec ses ailes fraîches coupées, tondues,
c'est la femme qui t'occupe, elle arrive dans une
douce rumeur d'usine, dans les éclats de verre, dans
les vapeurs, dans le roulement prolongé de l'incident qui nous fit connaître, il n'y a pas à en sortir,
elle vient faire son poids d'amibe porté à son plus
haut, point de perfection. Germe pour germe.

L'intelligence courait les rues. Elle courait après
la bêtise. Elles avaient dans les jambes les passants
porteurs de serviettes, les dupés qui sont du croire,
les ministres dyspeptiques, les professeurs qui sentent
la grande personne, les fils de leurs œuvres, les
boiteux de la connaissance médiate, les penseurs qui
répètent le dîner du soir, les femmes du monde qui
ne croient qu'à leur caste, au théâtre, à la Vierge et
aux Idées, tous les Zozos, toute la Bibliothèque Rose
adulte, tous les niais instruits qui mènent le monde.

L'intelligence attrape la bêtise qui se renverse sur
le trottoir, longue comme une digue. Elle crie, la
langue en hélice : « Au secours! ah! la rosse! » et
pan! du fond du pot-aux-nerfs, poche l'œil à l'autre
qui l'ausculte et commence à raisonner. Elle crie :
« Sale gousse! Je regrette bien de vous avoir connue :
Arrêtez-la! » Et elle pâme. L'intelligence affolée, la

boussole voilée, ressent la pitié, ressent l'animal, la
prend dans ses bras, la bêtise l'attire et la maintient
à terre, la serre, l'embrasse jusqu'à faire une sorte de
muco-pus. Encore une partie de chewing-gum. Voilà
l'intelligence arrêtée, elle a laissé rouler tous ses
paquets : les livres, les cadeaux pour une femme, un
pâté dans une boîte en bois, une bouteille d'eau-
de-vie pour faire vierge forte. Il faudrait leur jeter
des seaux d'eau pour les décoller.

Tout le monde fait le cercle, les nervo-sanguins
ont envie de se battre. — « Mais, Monsieur, de quel
droit? — Mais elle a parfaitement raison! » On cherche
un avertisseur d'incendie. Un ami me tire violemment
par le bras : « Regarde ce qui nous arrive. » Un groin
brûlant, masqué de vert, ronfle sur nous. Rien
n'arrête la voiture des Postes, l'autobus, l'almanach
Hachette.

Nous avions assez de cette vieille histoire. Tout le
temps qu'elles étaient des sœurs siamoises (il serait
plus désagréable, mais plus exact, de dire iniopes),
elles étaient trop serrées pour entreprendre, elles
faisaient tristement leur ménage par l'intérieur, et
tout marchait tant bien que mal. Du jour où l'homme,
l'homme insigne, dans sa noix de coco de tête de

luxe, farci d'une pendule, d'un aréomètre et de quelques burettes, s'imagina de les descarteler, l'homme, l'homme insigne leur fit mille petites blessures sur la membrane, mille coups de canif dans le contrat, par les siècles des siècles, et versa dessus des termitières et des fourmilières de phrases. Dessillé l'ombilic, elles prirent du champ, se découvrirent, se jetèrent l'une sur l'autre, et l'intelligence devint follement amoureuse de la bêtise.

Nous n'aimons plus l'intelligence. L'opération semblait réussir. C'est elle qui ne se tient pas tranquille. Nous avons assisté à trop de scènes, nous sommes las de recevoir leurs confidences et leurs doléances, c'est un vieux collage odieux pour les camarades, nous leur en voulons de ne pas se dépêtrer. Jour de Dieu! Qu'elles rompent et qu'on en finisse! Ça prend les faces les plus passionnées, les plus fétides. J'en ai vu d'autres. Elles s'attirent dans une rue nocturne, dans quelque passage à l'écart (passage Dieu, par exemple, ou rue des Envierges), et l'une dit à l'autre, chacune à son tour, en l'embrassant et en sanglotant : « Je ne te veux pas de mal, moi, je ne veux que ton bien ». Et elle lui passe une langue, et elle la griffe, et elle la gifle : C'est une vieille maîtresse, une ex, comme disent les potaches. Quand tu étais enfant, tu t'habillais en dix minutes, tu dégringolais l'escalier sur la rampe, tu enjambais la papeterie de Madame Roth, et tu t'enclochais dans la classe qui sentait le jouet sérieux. Mais cette bonne sueur des récréations! Ton cerveau a poussé, l'intelligence tue l'automatisme à petit feu, tu réfléchis, tu mets ton veston en décomposant, tu fais mécanothérapie, ta bécane et tes compas prolongent ton squelette, tu comptes les œillets de tes bottines, tu vises pour pisser; pendant que tu prouves à une femme qu'il est raisonnable qu'elle t'aime, elle suce son doigt avec haine; chaque fois que tu éteins l'électricité, tu penses à Bergson; chaque fois que tu serres à bloc le robinet de la cuisine, tu penses au Maréchal Foch.

L'intelligence travaille à la façon du cancer, la manie, commencement de la connaissance, le cancer, maladie de la santé *(sic)*, un noyau de cellule localise la haute température, la cellule évolue, prolifère, le cerveau fait des idées, la terre fait des truffes, la peau fait des sarcomes, le chêne fait la noix de galle, le nez de l'ivrogne fait des petits, l'intelligence fait des siennes. C'est reconnu par les médecins les plus célèbres.

Le Colonel d'Artillerie Béhemot de Calculangle au moment de faire mettre en batterie eut la colique, et qu'il n'était point une bête, et qu'il avait le goût des lettres.

Le roi de Thulé fut sage, qui jeta sa coupe lorsqu'elle devint longitudinale. Les jardins babylans suspendent leurs présents. L'averse d'idées douche l'homuncule, mes jambes se dérobent, je ne peux plus marcher. Pendant ce temps, le ciel se gâte. Témoins de ce duel, la propreté et la saleté luttent pied à pied, collées l'une à l'autre, comme la lumière et l'ombre, Jacob avec l'ange, la Belle et la Bête. Sisyphe refoule éternellement son coprolithe. Hercule suant la benzine et le chlore bat Cacus tous les jours, assidûment, comme on bat une carpette. La grande fille se fait les ongles, la ménagère lave son deuil. — Des machines toussent sourdement dans la nuit, jusqu'à l'aube où les vacuum-cleaners avaleront les armées grises, jusqu'à l'heure où les eaux tièdes rinceront pour un jour les vitamines.

Mais quelle est cette main de gloire, qui poigne impérieusement cette grosse pierre, et quelle coiffure! C'est la plus grosse araignée du monde entier, c'est la théraphose, dont on ne connaît pas les mœurs.

Elle compte vers nous sur ses dix béquilles de
soie rousse. Allô! Allô! La seringue à eau blanche!!
Ou les pompyles!!

    Equilert
    Et métathèse
    LLe bras
    LLendu

(Réveil).

Le feu se plaint, les lampes dorment les yeux grands ouverts, une douceur d'étain, les mots se posent comme des mouches.

Absorbé. Distrait. Où est-il?

Ép...inal dans les Vosges! Buffet, cigarettes toutes faites, femmes de rechange!

Debout, vieux! Nous sommes arrivés! Et vos rires.

Arrivé. Vous ne savez pas où j'étais arrivé. Allez-vous-en. Laissez-moi là. Je ne peux pas répondre.

Ma mère, qui me dit que je n'ai pas mangé depuis ce matin, elle m'offre deux œufs frais. Je la rebute avec une parole de pierre. Tous ses traits pleurent. Elle tourne et s'en va lentement dans le couloir.

Toi, maîtresse étincelante qui te courbes et prends ma tête à pleines mains et me questionne âprement, épiant que je me dérobe, avec une tendresse perfide et ouatée.

Vous, mes amis, vos chers visages, dur menton
d'entété, barbe studieuse, et toi qui dis qu'après tout,
on ne peut pas faire davantage... Mais toi! qui
dans un éclair vois plus loin que les autres et me
tires violemment du côté de la lumière.

Quand vous m'avez crié : Debout — un appel
de moi seul entendu m'a soufflé : Couché. Je vivais
encore avec vous, les yeux songeurs, comme un
feu qui tombe, et pourtant j'étais déjà loin.

J'étais sorti de mon corps, tout bas, toujours
assis, puis je me suis couché derrière lui, je suis
descendu.

Je suis descendu plus bas que votre divan, dans
une eau profonde. J'ai traversé la cave où les deux
chats sont morts. Plus tard, j'ai nagé dans un ruis-
seau qui pleure humblement sous un théâtre ruis-
selant de musique. J'ai couru comme un enfant
sur des places tendues de sommeil, j'ai coupé des
chemins de fer souterrains pleins d'yeux tristes, où
se hâtaient des ombres pliées, par l'éloignement
ramassées, les quais jonchés de vieilles feuilles de thé.

Et puis je suis entré dans un pays que je connais
bien, rythmes discrets et parfaits, tambours voilés,
battements couverts des cœurs immortels.

Un appel jeté pour moi seul. Un papier glisse de la table. Le monôme des ombres traverse la chambre. Voilà ceux que j'aimais, ils ont les yeux baissés, et sous des rues encore et sous des canaux plats où dorment les chalands, à travers les sous-sols et la terre et la terre, j'arrive aux jardins noirs où tout près de la morte fraîche où j'ai glissé, dénoncé par la verrière, je retrouve enfin celui que ma mère et moi nous aimons jusque dans ses os. C'était un ingénieur français.

CAQUETS DE LA TABLE TOURNANTE

(SECOND RÉCIT DU NAUFRAGEUR)

*Les tables tournantes chevauchent
les âges avec une facilité notable.*

*Je ne sus que répondre à qui me
parlait de pentaculer l'arcane.*

(Louis Jacolliot)

JE ne suis plus rien, cita le bon oncle, s'il me
souvient d'avoir jamais été quelque chose d'autre
qu'une vicmite. Toutefois, vers 1883, la France était
heureuse. Ah quel malheur d'avoir un gendre. On
dirait du veau. Qui mont'ra l'grand escalier, c'est
Vadier. Le Palais de l'Industrie tendait ses couronnes
aux locomobiles et aux artistes. L'amiral Jurien de
la Gravière, le général Brière de l'Isle, l'amiral Aube,
chef d'état-major général de la Marine, à moins
que ce ne soit le contraire *(hein?)*, préparaient

l'expédition du Tonkin. Julien Viaud pilotait le torpilleur Le Narval. *(Nwglmpsz.)* Au grand bal de l'escadre de la Méditerranée, l'amiral baron Duperré, qui la commandait *(sensation)*, disait à l'amiral Dupetit-Thouars, costumé en mandarin, et à Julien Viaud, dénudé en griot, bourdonnant au carré des officiers, leur montrant le grand sabord tout bleu de nuit et de fusées : « Tout ça ne vaut pas un bon coup avec la baronne Duperré. » *(Mouvements divers.)* — Je croyais, batifolait dans un autre coin Georges-Henri Rivière, que toutes les femmes terminaient leurs lettres d'amour par : « Ve t'envoie mon cœur dans vum bévé? » — Passe-moi la bambêche! interrompit Brazza, qui, d'avoir trop parlé Niam-Niam, Gros-Ventre et Tête-Plate, ne bougonnait plus qu'une langue étrange, entièrement personnelle, écoutée sur le tambourin de la chaleur, promenée sur le parchemin de la solitude. *(Hourras, tollés et rires maigres.)*

— Mes amis, poursuivit Francis Garnier, fini de rire, il s'agit de nous montrer propres. Si Jean Bart et Surcouf en avaient référé à Duguay-Trouin, leur supérieur hiérarchique, la piraterie eût pu être organisée, et cette malheureuse campagne des mers du Sud n'eût jamais été perdue. *(Trépignements sourds.)* Ah, ce n'est pas d'hier que la

marine et les expéditions coloniales, chaussures sans
cirage, tombent en cachexie. Qu'est-ce qu'on va
dire, le père Bugeaud était tout au plus bon à
coiffer le bonnet de coton de Louis-Philippe? Rends-
toi, rends-toi, l'Algère, l'Algère. Boulanger s'annonce
comme un Saint-Arnaud de café-concert. Il s'agit de
faire mieux qu'eux. Bazaine et Canrobert avaient la
bosse de l'assassinat, pas celle de la victoire, mais
qu'est-ce qu'ils pouvaient bien faire d'une grabine
légitimiste et d'un rouflaquet socialiste? *(Bruits de
discussion dans la salle.)*

Nous partîmes en guerre. Le pays qui a fait le
plus de guerres depuis la guerre de 70 est la France.
Floquet n'aurait jamais blessé Boulanger en duel s'il
n'était pas tombé de son cheval. *(Voyez-vous ça!)*
Bismarck, gros malin, dogue de Varzin, saucisson
d'acier, qui gardait l'hégémonie allemande comme
ces chiens géants qui gardaient les symphonies de
Beethoven, orientait la France vers les expéditions
coloniales. Il sentait bien qu'il fallait fricasser l'activité
de ces sauteurs pour un autre plat que la revanche.
Le Tonkin lui servit de cuisine, et c'est de lui que
TorLotting (?). Les rapports que le brillant basique
envoya sur les débuts de la campagne et la retraite
de Lang-Son firent florès au Cabinet, les lettres qu'il

écrivait de sa meilleure encre au vicomte Maille-
chort de la Vogue, à la baronne Brouillard, au
capitaine Lyautey, passaient sous toutes les lampes,
et le consolaient un peu de l'ivrognerie du général
de Négrier. L'amiral Courbet le prit à bord de sa
canonnière, qui remontait le Fleuve Rouge en éter-
nuant de tous ses cigares au milieu d'une double
haie de Pavillons-Noirs hérissés.

La littérature commença de raconter leur histoire.
Tous les matins, en allant au Collège Rollin, dans
la joie physique du café au lait, du cartable et de la
fraîcheur, après une station chez Washner, le bon
naturaliste juif, qui n'en finissait pas d'empailler la
huppe que m'avait chassée dans le Berry le coiffeur
Thévenet, nous entrions chez la mère Château, notre
papetière canepetière et notre marchande de timbres,
pour y attendre, dans l'odeur fiévreuse de l'encre
Lorilleux, l'arrivée d'une nouvelle livraison de la
Guerre Illustrée, par Lucien Huard, ou de l'*Illustra-
tion pour Tous*, qui racontaient les hauts faits de nos
marins sur les fleuves et dans les rizières. Le comman-
dant Dominé, coiffé de son chapeau d'agavé, sou-
tenait vingt jours d'un siège héroïque, dans le fortin
de Tuyen-Quan, contre les abat-jour pressés des
Jaunes. Le sergent Bobillot, calicot génial, engagé

volontaire, dont la statue fait un si triste pas gym
sous le ciel couvert du boulevard Richard-Lenoir,
jaguillait jour et nuit de ses dépêches le cul lourd
du *Petit Journal* pour qu'on se pressât de publier
ses grands feuilletons de bataillons scolaires et de
midinettes sur la guerre, sur cette guerre qui venait
de faire sortir une boutique d'un enseigne.

La première fois que j'ai vu Loti, c'était, je crois,
à Veules-les-Roses, dans la maison de Louis Dumoulin, parent de mon vieux grand Bouhélier. Dumoulin
venait de faire son exposition chez Georges Petit.
C'était à peu près deux ans avant son panorama du
Tour du Monde. Les peintres officiels, agacés par son
savoir-faire et ses succès de femmes, disaient tout de
même : Il fait des progrès, ce petit Dumoulin. Sa
maison croûtonnait au flanc de la falaise. C'était le
soir, c'était l'heure crépusculaire où Paul Viardot et
Edmond Lepelletier, avant le duel ou l'apéritif,
allaient voir Jacques Dusautoy, vain de ses mains
de mandrill et de ses oreilles pleines de mousse de
bouteille, et Madeleine Vallière, de sa bouche rosse
et de son chapeau d'un goût chien, faire de la
musique dans le petit salon du Casino qui sentait
le buffet rance et le sapin chauffé toute la journée.
C'était l'heure où les demi-vierges rentraient de la

cressonnière et du tennis. Loti était assis dans un
rais de lumière entre deux serpents, boulus d'oreil-
lons, rapportés par Dumoulin de son dernier voyage.
Il avait un dolman de toile blanche qui repoussait
très haut sa figure longue et maigre et sa jolie barbe.
Je mis d'emblée sur lui tout ce que j'avais d'arabe
et de cheik en puissance. C'était la grande époque
des barbes. L'ingénieur avait une barbe fine, en
pointe ; le maître de forges avait une barbe carrée ;
le vieillard des banques et des bouquetières avait
une épaisse barbe blanche, jaune près de la bouche,
et qu'il n'eût point fallu sentir ; l'officier de marine,
une barbe courte et qui montait haut sur les joues.
Au Gymnase, Marais, l'œil dur, la voix métallique,
martelait, dans la *Lutte pour la Vie* : « all right et
struggle for life », en se vaporisant la barbe dans son
cabinet de toilette. Damala, le premier Touranien
de Sarah Bernhardt, avait un collier de barbe.
Richepin, qui lui enlevait Sarah Bernhardt, avait
une barbe bicuspide. Sadi Carnot avait une barbe
de catafalque. Pierre Loti avait une barbe de marin.

Il exerçait sur la jeunesse un incomparable pres-
tige. Il nous racontait de sa voix chantante, un peu
haute, des chinoiseries européennes, une fête dans je
ne sais plus quel poste, des rues plantées de mâts

flexibles où tapaient au vent de gros poissons d'or, de poteaux supportant des cages remplies de taupins, de fulgores, d'insectes sécrétant une lumière aveugle, caprices du tonnerre, et de grandes vessies bruissantes qui prenaient feu par instants avec un bruit d'effarement brusque et tombaient comme des perruques rousses sur les pieds des gamins rieurs et tristes. Il disait doucement la pièce basse en bois noir à l'écume d'or, avec la pastille verte qui brûle dans une coupe, et le sanhédrin des vieillards polis comme des pintes précieuses. Quand il se leva, je vis qu'il avait le buste long, de toutes petites jambes pas très bien faites, et qu'il portait de hauts talons pour se grandir. *(Mouvements tendres.)*

Mais oui, mais oui. J'ai lu, comme tout le monde, *Japoneries d'automne*, avec la montagne en peluche toute rebroussée de lumière et d'ombre, et les grands bombyx, couleur de scabieuse, qui planent sur l'écume de la cataracte. J'ai connu Madame Chrysanthème, et toutes les petites figures de terre qu'un officier chagrin, vêtu de blanc, raide sur le ciel, abandonne sanglotantes au bord d'une crique pour rallier le vaisseau amiral. J'ai rêvé, comme tout le monde, des maisons en papier qui tremblent au bord de la route nocturne, avec leurs lanternes de couleur, que la mort, allongée sur une corniche ou suspendue d'une main sèche au coin d'une porte, souffle avec une malice de chat maigre afin de faire peur pour rire aux hommes. Il me souvient que, quand nous étions en rhétorique, Ernest Zyromski, frais émoulu de Normale, mais le cœur plein de poèmes et d'écriture artiste, nous lisait la mort de Tante Claire, et j'entends encore sa voix mélancolique, devant la grande fenêtre prête aux vacances, répéter presque bas : Elle est morte, la tante Claire, la pauvre tante Claire... Claire, Claire... Peu de lecture, peu de vocabulaire, et savoir finir sur la sensible, comme ce grand piano de l'Impératrice de Chine, dont une touche jouait toute seule, et sortait et rentrait sur le clavier, comme un long doigt pâle, pâle, pâle, quand les troupes internationales entrèrent dans le palais désert, après la révolte des Boxers et le siège des Légations. J'ai revu Loti deux ou trois fois depuis, et singulièrement à une répétition générale, où son visage et celui de Robert de Montesquiou se profilaient, étroitement collés l'un contre l'autre, comme une médaille des frères Montgolfier. Ils étaient maquillés à la bonne franquette, quette, quequette, quette. Ils ne perdaient pas un pouce de leur taille, ils parlaient tous deux à la fois, et de la façon renchérie dont parlent les gens qui attachent beaucoup d'importance à la conversation. Quant au jeune Proust, oust, oust, oust, oust...

(On la roule.)

BRODERIES

JE ne peux plus supporter l'art des hommes. Je ne peux plus le voir en peinture. Ni en sculpture, donc. Ni en décoration. Ni en littérature. Reste la musique, qui nous fait sortir un moment de prison. Nous en reparlerons. Pour le reste, rien, plus d'amour. Ceux que j'admire entre tous rendent la question plus pressante encore. Devant leurs ouvrages, tout est pire qu'ailleurs. Ils se débattent, ils se vident, ils tombent en arrière, à leur tour, il faut les semer un jour ou l'autre, comme les autres, après une lutte plus longue et plus de temps perdu. C'est une affaire de temps. L'instant où nous parlons est déjà loin de nous. Rien qui s'arrête, rien d'indestructible, pas d'œuvre indiscutable, pas une qui nous rassure, pas une qui ferme à bloc et ne se dégonfle. Car, il n'y a pas à dire, toutes sont douteuses, toutes sont véreuses. Il y a, eh bien oui, la nature et la vie, dont les modèles sont inabordables, et ça se renouvelle. Alors? Être, ou vivre? J'ai peur de choisir. Mais, pourquoi choisir? Manie de mettre la nature en comprimés, manie de triple extrait, manie de prendre ses repas en pilules, manie de tirer un flacon d'essence de la mer. Satisfaction de la tête! Et pourquoi, grand Dieu! pourquoi s'avancer, pourquoi s'isoler, pourquoi mettre sa tête en vedette, pourquoi essayer d'y mettre de l'ordre, pourquoi faire la toilette du monde? Dieu habille mieux. Tout a été fait avant, et mieux, et avec de l'air, de la lumière, avec le magnétisme terrestre, avec la musique des sphères, qui n'est pas la même et me trouble autrement le matin et le soir. »

Je répliquais à Naigeon : qu'il traversait une crise d'expropriation. Nous étions ivres-morts d'expositions, de salons, d'ensembles : « Quand je pense, répartait-il, que nous peignons avec ces sales

matières, ces produits chimiques, ces toxiques, ces
poisons violents, médicaments pour l'usage externe,
tu parles, ces tourteaux, ces crèmes de champs
d'épandage, ces détritus d'Achères, ces vieux fromages
auxquels nous refaisons un état civil, ces excédents
de charrois, foie de cheval torréfié, café de glands
doux, brique pilée, vieux abatis, viande verte; quand
je pense que nous beurrons toute cette saburre avec
des barres d'anspect en poil de cochon, des béquilles
à barbe de rat, de l'huile de pied de chaise, du jus
de bois tordu, sur des toiles, des papiers, des pan-
neaux sauvés du marché aux puces, torchons
ruminés, langes d'enfant guéris de la diarrhée verte,
plaqués de tables de nuit, couvercles des cabinets;
quand je pense que nous patinons là-dessus le vieux
mirage du monde, que nous y crépissons le vieux ro-
man prismatique avec une grande patience de crottes,
que nous chaussons notre tartine dans un cadre
en bois qui est en yoghourt, bruni d'un or fin qui
est du cuivre, et que nous accrochons ça à un mur
punaisique, entre des colonnes de marbre qui sont
en levure de bière comprimée, coupées de chapelles
alimentaires à l'encens de rosbif, de thé de troisième
lavure, et de gâteaux à la cocose! Et il y a le
vieux maître, chargé d'ans et d'honneurs, qui entasse

vingt kilos de marne sur sa toile, et ça s'appelle un beau peintre; celui qui l'envenime comme un bobo, et les croûtes tombent; celui qui peint des anges lamellibranches qui mangent des tripes et jouent du rebec dans la merde; et il y a le boucher qui empoigne son couperet, coupe sa carne en deux, fout les morceaux des deux côtés de la route, et vl'an! ça fait un village; et il y a celui qui peint des polyèdres hydropiques et des cristaux en cérumen. Alors, arrivent les Patagons de Montparnasse, avec leurs cors-aux-pieds dans la bouche, les dissidents plus verts que jaunes, plus huileux que verts; les Juifs-Nègres, les Polonais intellectuels, avec leurs dents en chasse-pierre, avec leurs femmes, le nez percé d'un collier de coquillages; les banquiers, les marchands de pétrole, de tapis, de déchets de fourrures, les journalistes, les panouillards d'échos, les critiques en pied, grandeur naturelle, qui s'hallucinent, prennent du champ, clignent de la chassie, se serrent les uns contre les autres pour être plus sûrs de leur affaire, entrechoquent les pots de leurs têtes, lèvent un pouce en demi-deuil (il y aurait beaucoup à dire sur les pouces), hoschent la poire, et profèrent, d'une voix qui sort du saumon sauce verte de Bedel ou du martini de la Rotonde : « Intéressant comme conduite de pâte, délicat comme esprit de pinceau, les valeurs sont bien en place, anticipation largement spatiale, etc. etc. » Et ces cimetières de bustes, choux-fleurs de rebut, cœurs à la crème de fosse d'aisances, les yeux mangés aux mites, un vrai lorgnon sur le nez, oxydé, repêché dans un seau de toilette. Et les meubles, et les ensembles, catafalques et sarcophages construits en gâteaux de Cacagne. Et les objets d'art, et les bijoux! Quant au caractère typographique, c'est de la vermine intellectuelle, c'est du parasite perfectionné, quel défilé de puces savantes! Tu ne peux pas t'approcher de tout ça, tu ne peux pas le regarder d'un œil un peu dur sans en dépister la tare, la mollesse, sans en subodorer le goût de mort. N'aimes-tu pas mieux les meubles fourbis, les parquets cirés, le linoleum et le lincrusta des vieux maîtres? Non, non, permets-moi. Regardons le travail de l'homme avec d'autres yeux que les nôtres. Regarde à la loupe, au microscope, un ouvrage délicat qui sorte des mains humaines, le mouvement d'une montre, la pointe de l'aiguille la plus fine. Qu'est-ce que tu vois dans le ciel du puits? Qu'est-ce que tu dis de ce crapaud boxeur, de ces tiges mal épluchées, ce ne sont que rochers d'un métal plein de pailles, rognons striés, mâchefers à peine ébarbés, et tu n'arrives pas, dans tout ce chaos, à discerner même l'intention de la pointe. Le bijou le plus travaillé, dans un bon Zeiss, donne une espèce d'omelette Parmentier. Non, c'était ça? Oui, c'était ça. Alors, nous avons besoin de nous consoler, n'est-ce pas, Groult, n'est-ce pas, Seguy, n'est-ce pas, Duchartre, et nous mettons sur le plateau magique un peu du tissu d'une aile d'insecte, un grain de poussière, la moindre petite malice organique, et nous contemplons là dedans la mathématique inconsciente la plus audacieuse, la plus humiliante qui soit pour nos prises, kaléidoscope où se gourment des hématies de toutes les couleurs, aurores boréales aux plumetis ruisselants de silence, gouffres infestés d'éventails, passerelles hardies, pierreries terribles, on en mangerait, gouttes sanglantes où grouille l'arche de Noé, où roulent les uns contre les autres des éléphants d'ivoire aux nez compliqués comme des ophicléides, des bonshommes tératologiques aux flancs desquels tournent des roues dentées et des courroies de transmission, des monstricules trépidants de marteaux pianistiques, des tarières à l'œil de veau, des spirilles qui partent comme des estafettes. Tu peux regarder, va, tu peux être tranquille, pas un défaut, pas une bavure de la forme, pas une faiblesse du volume. C'est net, précis, impeccable dans la lumière. Le détail n'en souffre pas, ça supporte n'importe quel grossissement. Au contraire, plus l'infinitésimal émerge, plus tu te rapproches du point d'attache, de la cellule, du noyau, des origines, mieux ça vaut. Nous vivons au milieu de ces merveilles comme les riches, « que leurs biens entourent et ne pénètrent pas ». Nous n'avons pas d'imagination, pas de curiosité, pas de métier. C'est à dégoûter de faire quelque chose.

— Si Dieu habille, l'homme déshabille pour rhabiller à sa guise. Si Dieu agence, l'homme démonte et choisit là dedans ce qui l'intéresse. Il est aimanté, il attire, il est attiré par quelques pièces. C'est à lui de trouver les inconnues par les données. Mieux vaut faire son truc que de rien faire, et mieux aimer de l'à-peu-près que de ne rien aimer du tout. Tu n'es pas trop sentimental. Et comment n'es-tu pas touché, et comment ne comprends-tu pas que ce besoin d'idoles vient d'une certaine complaisance du cœur? » Enfin, je répondais à Naigeon ce que je pouvais, et ce qu'il y avait à répondre, sur l'individu, sur l'élection, sur l'atmosphère, et autres fariboles artistiques, et nous en étions là de nos radotages, qui se répétaient assez souvent pendant cette période,

piétinaient dans ce long couloir de neurasthénie
qui mène à la crise sentimentale, et que connaissent
bien tous ceux qui sont entrés jeunes dans la passion,
dans la recherche, fatigués par tant d'années d'exer-
cices, d'emballements, de ruptures, saouls de beaux
arts, quand il nous fut donné, entre dix expositions,
feuilletées comme une porte tournante, de connaître
les broderies de Marie Monnier.

Brusquement, au premier coup d'œil, les actions
de l'homme remontèrent. Mais, comme dit la chanson,
cet homme, c'était une femme.

J'eus le sentiment que cet inconnu, que notre
satiété espérait confusément au bout de tant de
voyages, que cet artiste, qui recevrait, si l'on peut
dire, et donnerait des radiations nouvelles, et dont
l'imagination aurait besoin de se faire une matière
à elle et d'en créer toutes les ressources, nous
l'avions trouvé.

Il y avait là une vibration singulière, une sorte
d'état lucigène. (Un premier aspect de soleil à travers
des fleurs, des feuilles, des travaux d'insectes.) Pas
de lourdeur pigmentaire. Des couleurs lumineuses.
Des fenêtres tissées. Je pensais au mot de Volkelt :
la couleur est un mouvement particulier de l'éther.

J'étais émerveillé, indécis, mais je me sentais, peu

à peu, vaguement roulé. J'étais pris, je tournais dans un filet d'ondes, de cellules orphiques. L'artiste nous ramenait à ces merveilles naturelles qui dégoûtaient Naigeon du travail de l'homme, elle semblait les porter sur elle-même, elle était tatouée par la nature, elle était fabuleusement naturée. J'entrais dans une sorte de madrépore spirituel, infiniment variable, dans une verrière soyeuse parfaitement harmonique, dans un tissu de rythmes où les vies individuelles se dissociaient sans rompre la tresse, où la monade était libre dans le système ; dans une machine aux rouages bien huilés ; dans une matière dont les éléments faisaient vertigineusement la chaîne et se refilaient, sous la lumière d'un atelier sous le feu d'une ruche en plein travail, avec la rapidité des protes et des insectes, les pièces d'un travail organique excessivement excitant. Sèves et pulpes, pelages et plumages, pierres où la rêverie voit se dessiner des figures étranges, chaude symétrie d'animaux rayonnants, faces douteusement humaines aux yeux magnétiques, minéraux étoilés, cristaux et corolles, la forme radieuse et la forme en miroir... Je me trouvais dans une mystérieuse colonie de phénomènes où la vie se divisait indéfiniment sous mes yeux.

Cependant, j'entendais le chant se prélever de

l'harmonie, je voyais des acteurs entrer en scène, des êtres vivants crocher la lumière, des yeux se fixer. Ça avait poussé comme une plante, ça n'arrivait pas de l'extérieur en passant par toutes sortes de pannes intellectuelles. Ici, l'intelligence fait une besogne diplomatique. La nature grimpe à travers l'artiste, elle tire après elle son fil, qu'un dessein de plus en plus visible promène en dehors de son point d'attache, dans un sens discret, mais impérieux. L'unité sortait de la diversité, j'en suivais l'ordre et le graphique. Les broderies de Marie Monnier sont des peintures et des objets. Pas plus que la nature, elle ne saute le pas, n'escamote le difficile, comme ces sous-verge du modernisme, aussi bougeurs, mais moins exercés que des singes. Ce phénomène, auquel j'aurais donné le Bon Dieu sans confession, je discernais maintenant quelle intervention insolite, quel esprit subtil, ingénieux, l'organisait et le déviait sournoisement; comme un remous dans une mare, avec ses bracelets bien en ordre, où le caprice précis d'un insecte peint le défaut chagrin d'une vitre; comme une ruche, une fourmilière, inquiétées en plein travail par un importun qui sait parfaitement ce qu'il veut faire, et quelles bouffées, quelles fusées d'insectes, quel effet d'orage il veut se créer. Cet importun dans la nature qu'est l'artiste est ici quelqu'un qui connaît ses feintes, un esprit chasseur, un braconnier, un sourcier, quelqu'un qui se baisse, qui travaille à même, et qui la suit étroitement pour la déranger dans son sens et pour lui faire dire ce qu'elle ne voulait pas dire, et qu'elle pensait. J'étais étrangement conduit d'aiguille en fil. J'arrivais au point où l'on peut prendre sur le fait l'accord latent, la complicité tacite de la nature avec son charmeur, celle de l'oiseau avec l'oiseleur, celle du bourreau avec le martyr. Il y avait là de grandes roses de soie où la lumière suivait comme aimantée la main de la brodeuse, lui volait son ombre, devançait sa patience. L'esprit naturel, avec ses mystères, ses pollens, ses visites rapides, couronnait à mes yeux l'ouvrage, comme un feu saint Elme dans l'air immobile allume le cierge d'un mât. Le chiffre vivant, le nombre de chair, avaient trouvé à qui parler, à qui se confier, par qui se prolonger et se faire aimer, à qui chuchoter des secrets qui fussent transmis aux plus dignes. Aussi vrai qu'une pensée et qu'une volonté intenses puissent créer de nouveaux êtres, la nature, dans ses nombres les plus riches, dans ses zones les plus chargées, dans ses enchevêtrements, peut créer, par l'homme et pour l'homme qui l'aime

et qui y prend de tout près ses forces, une nature
au second degré, tout à fait active et miraculeuse.
Ses points nerveux, ses extrémités sensibles, imperceptibles au fils prodigue, à l'homme qui se presse,
à l'homme détaché de la terre, il s'agit de les ren-
contrer. L'homme qui les mérite, qu'ils fascinent et
qu'ils imprègnent, reçoit quelque jour le don d'un
véritable pouvoir magique. Il se fait un échange
ardent de son organisme au milieu cosmique. C'est
toute l'histoire des charmeurs d'oiseaux et de serpents, c'est tout le truc de saint François d'Assise.
Tu peux, si tu veux, marcher sur les eaux, monter
très haut dans l'éther en donnant un coup de pied
secret sur le sol, à l'endroit voulu, dans l'état de
transe, te dissocier et te promener dans la lumière
et dans la matière défendues, et, s'il te plait sim-
plement de vivre et d'être un homme parmi les
hommes, tu les enfermes à ton gré dans des réseaux
que nul n'élude.

C'est ainsi que Marie Monnier peut apprivoiser
les miracles, qu'elle manœuvre la flore et la faune,
qu'elle fait venir en plein jour de gros papillons
nocturnes, qui, sur un signe d'elle, se barbouillent
la figure sur le pistil des corolles; qu'elle lance les
uns contre les autres, dans les moulures de la vague

et sur le sable des grèves, et qu'elle darde dans les
feuilles, et qu'elle noue dans les cactus, des poissons
armés de faux comme un char antique, des étoiles de
mer qui marchent pieds nus, des coquillages au cerveau rongé de plagiaires, des hippocampes cambrés
comme une femme qui se peigne, des serpents coiffés
de casquettes, des oiseaux qui jouent sur leur propre
lyre, des méduses en bonnet de nourrice, et toutes
sortes d'animaux étranges qui font le cercle, affleu-
rent et bruissent autour d'elle et se groupent avec
une rigueur fantasque, sous le signe des poèmes
qu'elle songe ou qu'ont écrits nos plus grands
poètes. Elle les attire, elle les rapproche dans le
tremblement de son pouce; elle enchaîne doucement
dans la soie ces miettes tombées de l'immense
Dieu que nous ne pouvons prendre que par ses
faibles, et qui dort, épars dans tout le système,
comme un Gulliver qui ronfle, ivre de musique,
enchaîné de mille liens, tandis qu'aux plans éloi-
gnés, on voit peu à peu, dans leur ordre de rêve,
émerger de la vapeur les banquettes du vieux
monde, les mælströms, les volcans, les cristaux, les
animaux tâtonnants, les laiderons géants hautement
sympathiques d'avant le Déluge, les dieux répu-
diés, les momies, les morts, et qu'apparaissent, au

bord du ciel et de la mer, des mirages, des villes condamnées, des regards énigmatiques, des figures de proue, des yeux clos éventés de palmes, témoins divins inclassables et pareils à ce fantôme qu'Arthur Gordon Pym vit sortir des cataractes du pôle, et dont le visage, dit-il, était blanc comme la neige.

L'idée de temps, de forêt, de lumière et de saisons préside à ces broderies, qui ne l'ont pas trichée, qui ne l'ont pas trahie. Quelques-unes d'entre elles ont coûté à Madame Monnier deux ans de travail. Elles se sont garnies, elles se sont parées comme des jardins, comme des branches, elles sont sorties quand il le fallait, comme une bonne semaille. Il fait beau, on ouvre les fenêtres sur elles. Regardons-les bien pendant qu'elles sont libres encore. Passons leurs derniers moments avec elles, sans entraves, avant qu'elles n'aillent faire leur service militaire dans les collections et dans les ventes, à grand renfort de mutations, de permissions, de chantages et de spéculations paradoxales, pour prendre leur retraite, un jour, dans les musées.

Nous sommes les contemporains de quelques maîtres et de quelques chefs-d'œuvre. Nous n'y faisons pas attention, nous ne prenons pas leur mesure, parce qu'ils vivent à nos côtés et que nous pouvons les voir sans peine. Un sage a dit, je ne sais plus où, que si l'on nous annonçait pour le lendemain l'arrivée au Muséum d'une troupe de sirènes, nous n'irions pas. Mais il est temps, il est grand temps, il est plus que temps de faire mentir les sages.

NUÉES

Siccis oculis.

NON, rien, ce n'était pas lui,
C'est bon, je ne suis pas sourd.
Il ne vient pas tous les jours
Il n'a pas toutes ses nuits
Dans le dortoir éternel
Où se cherchent les amis
Sous la grande lueur sage.
La terre qui fait sa route
Où se penchent les visages
Des témoins de sa jeunesse

Tourne ses pépins couchés
Dans le rond de la paresse.
La bête sort du pertuis
L'homme caché dans l'étui
Se souvient de la tendresse.
Cette avance douce et fraîche,
Ce faufilement perché
Qui tinte dans le chéneau
Sur la vitre et sur le mur
Et retentit dans la cour
Comme une réplique obscure
Ni l'erreur d'une souris
Ni la gratte d'un oiseau
Ne feraient cette écriture
Ni la main du bien-aimé...
Non, c'est le filet rêveur
Qu'ils jettent sans espérance
Sur la chauffe de la boule
Sur le vieux tambour qui roule
Sur les hommes qui sécrètent
Dans leur sablier de chair
A travers le temps qui trame
Et qui ferme ses yeux bleus
Sur le métier de la ville.
C'est la filandière armée

Qui vient voir où nous en sommes
Et qui lave le décombre
Pour avancer son ménage.
C'est le tisserand sans âge.
Le malheur qui nous accorde
S'approche et retend ses cordes
Et suce les harmoniques.
Il marche sur le clavier
Tout en haut de la falaise
Au fond du soir escarpé
Où filtre un cœur écharpé
Qui chante sa solitude
Dans la cage de la lampe.
Le solfège de l'orage
Le grand livre des prologues
Le vieux livre des recettes
Qui ne s'ouvrent pour personne
Lâchent leurs signets de larmes
C'est l'aumône qui nous tombe.
Le malheur qui nous surplombe
Briarée aux mille peines
Étendu sur son nuage
Refait son plein dans nos cœurs
Refait son plein dans la mer.
La douleur qui recommence

Dans la barque qui fait eau
Veille à la pompe foulante.
Le mille-pieds du silence
Fait ses gammes sur l'échine
De la sphère qui chemine
Sous la cloche du vampire
Avec toute sa denrée
Les lances dans la fumée
Les étages les fossés
Noirs de bâtonnets pressés,
Les machines qui appellent,
Le port qui ronge la crique,
L'insecte de la musique,
L'art pensif dans sa géode,
Les raisins secs sous la terre,
Sous les soleils qui se hâtent
Et sentent leur écurie
Qui chauffe et qui les aspire
Dans les forges de la mort
Sous les hangars de la nuit.

Cicindèle de cristal
Tu danses sur mon sommeil
Comme un léger parasite

Sur un dos d'atlantosaure,
Tel fut Kunckel d'Herculais
Piétiné par les criquets.
Le dieu qui sale la terre
N'a pas la main trop légère.
Le fantôme des vieux lacs
Vanne et blute le chagrin.
J'ai comme ces patriarches
Le mien nous ne saurons rien
Que la lampe et la paupière
Quand l'ongle de verre étoile
Les toits couleur de cartable
Où fument les hochepots
La girouette écornée
Qui ressemble à Don Quichotte
Prend la garde sans relève
Contre les moulins de l'eau...

TABLE

TABLE

Il a été tiré de la présente édition 577 exemplaires, à savoir :

Huit exemplaires sur Chine, dont trois exemplaires hors commerce marqués de A à C et cinq exemplaires numérotés de 1 à 5.

Douze exemplaires sur Vieux Japon teinté, dont quatre exemplaires hors commerce marqués de D à G et huit exemplaires numérotés de 6 à 13.

Dix-sept exemplaires sur Japon Impérial, dont cinq exemplaires hors commerce marqués de H à L et douze exemplaires numérotés de 14 à 25.

Quarante et un exemplaires sur Hollande Van Gelder, dont six exemplaires hors commerce marqués de M à R et trente-cinq exemplaires numérotés de 26 à 60.

Quatre cent quatre-vingt-dix-neuf exemplaires sur Vélin pur fil des papeteries Lafuma-Navarre, dont huit exemplaires hors commerce marqués de S à Z; seize exemplaires hors commerce marqués de a à p; quatre cent quarante exemplaires numérotés de 61 à 500 et trente-cinq exemplaires réservés à l'auteur numérotés de 501 à 535.

Il a été tiré en outre trente exemplaires hors commerce sur Vergé blanc de Vidalon, sous couverture spéciale, destinés à trente souscripteurs particuliers à tous les ouvrages de Léon-Paul Fargue qui paraîtront désormais, imprimés à leur nom et contenant un autographe de l'auteur.

EXEMPLAIRE

Achevé d'imprimer le Vingt Décembre Mil Neuf Cent Vingt-Huit, par Aulard, Iung et Cie, 6, r. du Vieux-Colombier, Paris